KB183842

나는
행복임대업자가
되고 싶다

나는 행복임대업자가 되고 싶다

ⓒ 김효경, 2024

초판 1쇄 발행 2024년 11월 18일

지은이   김효경
펴낸이   이기봉
편집   좋은땅 편집팀
펴낸곳   도서출판 좋은땅
주소   서울특별시 마포구 양화로12길 26 지월드빌딩 (서교동 395-7)
전화   02)374-8616~7
팩스   02)374-8614
이메일   gworldbook@naver.com
홈페이지   www.g-world.co.kr

ISBN   979-11-388-3717-0 (03810)

나는 행복임대업자가 되고 싶다

김효경 지음

꿈, 용기 그리고 세상을 보는 지혜를 담은
교장선생님의 희망 메세지

행복은 기다리는 것이 아니라 찾아가는 것인 줄 아는
까닭에 아예 찾아 나섰습니다. 길은 나서는 순간부터
돌아올때까지 모든 시간이 행복했습니다.

좋은땅

추천글

특수학교에서 오랫동안 교편을 잡은 작가가 "나의 제자 춘도"에 이어 정년을 앞두고 오랫동안 교직생활을 하는 동안 자신만의 감성으로 쓴 글이라 더욱 기대가 크다.

이 책에는 작가가 지금까지 교육자의 길을 걸으면서 자신을 비우고 버리면서 사유했던 시간들을 카타르시스를 생산하여 개울물 같은 맑은 언어로 재탄생하였다. 그래서 우리 모두 행복하자는 꿈을 이루고자 도전하고 노력하며 모두 행복의 문으로 안내하고 있다.

그리고 이렇게 결론을 내렸다.

지금 여기 행복하자, 행복은 미루거나 다음에 갖기 위한 먼 미래의 이야기가 아니다. 어쩌면 오늘 만나는 인연들과 함께하는 소소한 일들일지도 모르겠다.

　작가는 행복하기 위한 7가지의 지혜에 대해서 이야기를 하고 있다. 살아가면서 밤을 새우며 힘들고, 괴로웠던 일과 즐거운 일들을 통해 깨닫게 된 삶의 의미에 대해 기록했다. 한 줄의 글이 마음을 위로해 주고, 치유를 해 줄 때 세상은 혼자가 아니어서 살 만한 것이라고 말한다.

　작가는 글을 쓰고 있지만 글에 캘리그라피를 입혀서 우리들을 더욱더 감성으로 물들이고 있다. 개체의 감성을 존중하는 포스트 모더니즘과 아날로그의 향수를 그리워하는지도 모르겠다.
　단순히 글만 쓰는 것이 아니라 언어의 의미와 문자가 가지고 있는 조형적인 의미를 함축시켜 즉각적인 메시지 전달을 하고자 커뮤니케이션의 수단으로 캘리그라피를 함께 쓰고 있다.

　서체들도 다양하다. 직선적이고 거친 느낌의 갈필체, 가는 획과 굵은 획을 사용하여 사랑스런 느낌의 귀여운 체, 신들을 가늘게 하여 곡선을 살려 감성적인 느낌의 감성체, 편지글로 세로로 자연스럽게 쓴 흘림체 등 여러 가지 서체들을 보여 주고 있다. 이러한 다양한 서체들은 우리들의 마음을 위로해 주고 우리의 인생을 더 잘 이해할 수 있게 해 주고 있다.

작가는 학교 환경 구성에 캘리그라피로 예술을 더했다. 사람과 사람의 마음을 잇고 있었다.

잇고 있는 마음과 마음 사이의 미묘한 간격이 주는 울림을 고스란히 느낄 수 있을 것이다.

하루의 일상의 피곤으로부터 위로해 주는 것은 거대한 명제들이 아니라 가슴을 울리는 소소한 작은 글 한 줄이라고 말한다.

캘리그라피와 잘 어우러진 글들이 많은 사람들에게 위로가 되어 더 많이 행복하기를 바란다.

우리 모두 행복으로 가는 의미 있는 글에 깊은 찬사를 보낸다.

한국서예캘리그라피교원협회 회장 임성부

책을 내면서

특수교사는 나의 천직이다. 40년을 장애 학생들과 함께하였다. 돌이켜 보면 그동안 여러 자리를 거치면서, 때로는 감당할 수 없는 중압감과 책임감에, 때로는 갈등과 회의의 소용돌이 속에서 힘들고 괴로웠던 일들이 주마등처럼 스쳐 지나간다. 내가 잘해서 지금까지 어렵고 힘든 이 길을 끝까지 할 수 있었던 것이 아니다. 학생들이 열심히 따라주었고, 함께 했던 선생님들이 맡은 일들을 잘 해내 주었다. 기쁜 마음으로 은혜를 베풀어 주시고 한결같은 마음으로 지지해 주었다. 힘들 때마다 용기를 잃지 않도록 격려하고 도와주셨기 때문에 정년까지 아름답고 행복하게 마무리할 수 있었다. 모두의 귀한 도움에 무한한 감사를 드리고 싶은 이유이다.

이 책의 내용은 대단한 것이 아니다. 나만이 쓸 수 있는 것도 아니다. 그동안 경험을 통해서 생각날 때 써 놓은 글들이다. 그동안 써 놓은 것을 보니까 도무지 두서가 없이 생각나는 대로 쓴 글들이 많다. 마음을 다스리기 위해서 그 글들을 오랫동안 써 왔던 붓글씨로 써 보았다. 솔직히 말해 글들을 어떻게 정리해야 할지 모르겠다. 그럼에도 용기를 낸 것은 누군가 경험한 글을 읽고 절망에서 위로를 받거나 실낱같은 희망과 행복을 찾을 수 있다면 이보다 값진 일이 어디 있을까 싶다. 희망의 씨앗을 하나 품고, 그 씨앗을 틔워 꿈 하나 만들어 작은 행복이 찾아오리라는 작은 바람이다.

행복을 의미하는 영어 단어 "happiness"는 "행운" 또는 "우연히 일어나는 사건"이라는 뜻을 지닌 중세 영어 "hap"에 뿌리를 두고 있다고 한다.

행복은 그야말로 우연한 계기에 의해 스며들고 찾아오는 것이 아닌가 싶다. 먼 미래의 행복을 위해서 지금의 행복을 담보해야 하는 것이 아니다. 지금 여기 우리는 누구나 행복해야 하고, 무조건 행복하게 살아야 한다. 우리 모두 행복을 누릴 권리가 있다는 것을 누구보다도 절실하다는 것을 알기 때문에 기록들을 모은 것이다. 그것이 내가 글을 써야 할 이유이고 목적이다.

나는 많은 사람들이 더 많이 사랑하고, 더 많이 행복하기를 바란다. 이 책이 누구나 편히 읽고, 자신의 경험을 돌아보면서, 다른 삶을 이해하고 위로받으면서 행복하기를 바란다.

　그동안 다시 붓을 잡을 수 있게 해 주시고 지도해 주신 서호초 임성부 교장선생님, 글을 쓸 때 조언해주신 석류정 시인님, 오랜 세월을 함께 하면서 격려와 응원을 해 준 동료 교사에게 진심으로 감사를 드린다. 서툰 글임에도 선뜻 책으로 발간해 준 좋은땅 대표님, 정년까지 묵묵히 믿어 주고 지원해 준 우리 가족들에게도 정말 고맙다는 말을 하지 않을 수 없다.

목 차

PART 1

행복을 찾아가는 지혜

1

살아오면서 언제나 즐거웠다
사랑했던 날은 사랑해서 아름다웠고
슬펐던 날은 나에게 삶을 일깨웠다
힘들었던 날은
나를 기도하게 하였고
황홀하고 기뻤던 날은
용기가 되었다
이별마저도 그리운 추억을 주었다

꽃은 달려가지 않는다

꽃은 자기만의
차례에 맞춰
피어난다

누구도 먼저 피겠다고
달려가지 않고
누구도 오래 피겠다고
집착하지 않으며

꽃은 남을 늘 더러
나아갈 뿐이다
자기를 이겨 한걸음씩
마침 감응되었기에

박노해님의 詩 꽃은 달려가지 않는다

삶이 행복한 사람보다

죽음이 행복한

사람으로 살고 싶다

삶이 행복한 사람으로

사는 일도 쉽지는 않지만

죽음이 행복한 사람으로

살기는 더 어렵다

3

행복하기 위하여
눈을 크게 뜰 필요 없다
행복을 들으려 귀를 기울일 필요도 없다
행복은 이미 네 앞에 머물렀다
다만 우린 그것을 놓쳤을 뿐이다
지나간 것에서 행복을 보지 못하고
다가온 것에서 행복을 듣지 못하면서
어떻게 앞으로의 행복을 꿈꾸는가

사랑

사랑은
바다처럼
채워도 채워도 넘쳐도 모자람이 없어
말고 자꾸 덧주고도
못자와고 바끗다 바마도
못자랐냐
이해 안남 인 시
다원 감 흐려있

16

4

송곳 끝은 날카롭지만
강한 것을 만나면 제일 먼저 무뎌지고
모서리는 반듯하게 서 있지만
허물어질 때는 가장 먼저 부서진다
각을 갖고 있는 건물은
바람을 피하지 못한다
둥글어라
네 안의 모서리를 깎아 내어라

가급적 이미 놓쳐 버린 일이나

지난 일은 되돌아보지 말자

할 수 없는 일에 미련 두지도 말자

내가 할 수 있는 일만으로도

행복을 누리기에 충분하다

이미 지나간 일과

오지 않은 일을 위해

오늘을 걱정하기엔 시간이 너무 짧다

6

훌륭한 보석 감정사는
많은 가짜와 거짓을 본 뒤 탄생하였듯
오늘 내가 만나는 가짜와 거짓은
훗날 나의 눈을 진실로 이끌 것이다
가슴을 할퀴고 간 노여움도
심장을 비트는 억울한 일도
내일의 나를 행복으로 이끌 것이니
슬픔에 감사하자

세월

다원 김호철
이월주 님의 시

나그네
쏜살같이 가는
할만하던만 알던 날 도망이
한번쯤 쉬어가자
궁둥이 흔들며 잘포가네
두룸박 꺼내 물 떠 마실 수 없이
한번쯤 뒤돌아 볼 만도 한데
늘 걸친 듯 잠 못자
걸음아 날 살려라
나그네
뚝
뚝
밖으로
장삼처럼
해 잘두 가네이
지팡이 손에 들고

7

열린 눈으로 보면
모두가 사랑스럽고 아름답습니다
풍뎅이 한 마리
작은 풀꽃 하나
소중하지 않은 존재가 없습니다
하지만 욕심의 눈에 비친 세상은
그저 그럴 뿐입니다

열린 가슴으로 살면 세상엔 온통
감사할 조건이 가득합니다
사랑하는 가족이 있어서 감사하고
세상을 이야기할 수 있는
친구들이 있어서 감사합니다
움직일 수 있는 건강에 감사하고
오감을 느낄 수 있는 것도 감사입니다

애써 먼 곳을 바라보며
아쉬워하지 않습니다

지르밟는 발 아래 만나는 행복만으로도
삶은 즐거움으로 차고 넘칩니다

오늘이 소중한 것은

내가너에게
줄것이많지않구나
너의건강을
채워줄수도

딸아

너의사랑을
완성해줄수도없다
하지만이많은
하고싶다
너를사랑한것고
너의삶을사랑한닷
갑진년 딸에게 엄마가~

매일 행복할 수는 없어
매 순간 행복해하는 것도 불가능해
하지만 행복을 만들어 가는 일은
언제 어디서든 할 수 있어
행복이란 그 말이
가슴에 들어오는 순간부터 시작이야
가슴에서 식을 때까지
오늘도 나는 행복해
살아 있잖아!

커피한잔

다시ㅅ 김효진

커피 한잔 맛스럽니다
편안하게 앉아
그저
힘들게 아닙다
인생 무게 획적이 것
우음 짓는 것이입니다
저절로 콧노래가 나오죠
어려운게 아닙다
사랑은 복잡한것

9

스스로 행복하십시오

더욱더 행복하십시오

자신이 행복한 사람만이

타인을 행복하게 해 줄 수 있습니다

스스로 불행한 사람은

타인을 행복하게 해 줄 수 없습니다

행복은 사람이 사람으로서 느낄 수 있는

가장 높은 경지의 느낌입니다

10

살아보면 깨닫는다

지름길을 가려면

각오를 해야 한다는 것을

세상에는 나만 아는

쉽고 빠른 길은 없다

지름길이라고 하지만 그 길은

비탈지거나 위험하거나 힘이 든다

평탄한 길은 걷기 쉽지만 오래 걸리고

지름길은 빠르지만 위험하다

11

세월이란 한순간 바람처럼 지나가지만
이 순간도 누군가에게는 영원이다
될 수 있는 대로
나는 기억하기로 했다
내가 살아가는 이 순간을
내가 만난 이 사람들을
영원까지는 아닐지라도
내가 살아 있는 동안
이들과 함께 한
나의 삶을 감사하면서

바람
없는곳에서는
꽃도
피지
않는다

12

세상의 모든 존재는 저마다 가치가 있다

하루를 살다 가는 풀벌레마저도

제 생을 안고 살다 간다

세상에는 어느 것 하나

쓸모없는 것이 없으며

저절로 생겨난 것도 없으며

이름 없는 것도 없다

인간의 눈에 잡풀처럼 보여도

들판은 저들로 인하여 푸르고

인간의 입에는 오르내리는

이름이 없을지라도

저 스스로에겐 소중한 존재다

하물며 인간이랴!

13

행복은 손끝에서도 나오고
발자국에도 찍혀 있고
입술에도 붙어 있다
시선이 머무는 오두막집
고막에 와 닿는 풀벌레 소리
사랑하는 사람과의 따스한 시간
한 잔의 찻잔 속에서도 행복은 자란다
무지개를 옮겨 오려고 애쓰지 마라
무지개를 그려 가슴에 심으라
영원히 무지개와 함께할 것이다

14

혼자서도 행복할 수 있어야 합니다
혼자서도 행복할 수 없다면
둘, 셋이 있어도 마찬가지입니다
행복은 배경과 비례하지 않습니다
곁에 누가 없어도 행복해야 하고
누가 있어도 행복해야 합니다
자신은 자신만의 사람이니까요
누구 때문에 행복이 흔들릴 순 없습니다

많은 사람
가운데 오직
너는 한 사람

우주 가운데서도
빛나는 하나의 별
꽃밭 가운데서

하나뿐인
너의

꽃

너 자신을
빛내라 나태주 님의 시에서

33

15

행복에는 다리가 없다

바퀴가 달린 것도 아니다

어쩌다 돈은 굴러 들어올 수 있어도

행복은 그냥 굴러 들어오지 않는다

행복은 찾아가야만 한다

목마른 사람이 우물을 찾듯

허기진 사람이 음식을 찾듯

한 걸음씩 찾아가는 사람만이

행복을 만날 수 있다

16

행복한 삶을 위해
꼭 필요한 것은 없다
신이 인간을 흙에서 빚었듯이
행복 또한 가까이 있다
딛는 발 아래
눈 뜬 하늘 아래
마음먹는 가슴 속에
행복이 있다
한 모금의 물이 없어 갈증이고
한 줌의 쌀이 없어 기근이다

그 설레임이 산으로 어서

풀꽃으로 가슴으로
으로 가슴으로

나뭇잎 한 흔들림
이해인 섬의 시

가슴으로
풀꽃으로

17

평범한 일마저도
누군가에겐 특별한 일이 될 수 있다
평범한 삶에 감사하라
걸을 수 있을 때 많이 걷고
볼 수 있을 때 충분히 봐 둬라
그것마저도 할 수 없을 때가 있다

18

삶에는 행운도 있지만 불운도 있다

요행을 바라지 마라

무엇이든 노력으로 이뤄라

노력은 가장 확실한 행운이다

세상엔 노력조차 할 수 없는 사람도 있다

나의 노력으로 얻은 것이

가장 확실한 나의 것이다

19

비록 나에게 행복이 오지 않았을지라도
나는 행복을 기다리지 않았습니다
행복은 기다리는 것이 아니라
찾아가는 것인 줄 아는 까닭에
아예 내가 찾아 나섰습니다
길을 나서는 순간부터
돌아올 때까지
모든 시간이 행복으로 가득했습니다

봄의 연가

언제라도 봄이 올 수 있어도 봄

우리산은 사랑하면 마음이 풀

어려서 봄이 와세봄과 마음이 좋아

이 넘쳐 봄이 그리워서 봄이 누 내게로

나는 너로운 봄이와그밖으랬고나

수많은 봄이 오고가서 봄이

와서 봄이 되었다

간직한 봄을 기다리며
다원 김호경

20

눈으로 보지 마라

눈에 보이는 것이 전부가 아니다

눈은 종이 한 장으로도 가려진다

귀로 듣지 마라

귀에 들리는 것이 전부가 아니다

벽 하나로 막히는 것이 귀다

마음은 눈과 귀를 넘는다

마음으로 보라

21

좋은 것을 얻으려거든 기다림부터 배워라

좋은 것은 너도나도 원하기에 쉽게 오지 않는다

서두르지 마라

모든 것은 이루는 때와 시간이 있다

좋은 것일수록 늦게 이뤄진다

빨리 이뤄진 것은 경계하라

PART 2

사랑은 어디서 오는가

22

딸아,

내가 너에게 줄 것이 없구나

너의 건강을 챙겨 줄 수도

너의 사랑을 완성해 줄 수도 없다

네가 아프다고 해도 나는 아프지 않고

네가 슬프다 해도 나는 여전히 좋은 식사를 한다

하지만 이 말만 하고 싶다

너를 사랑했다고!

너의 삶까지도 사랑한다고!

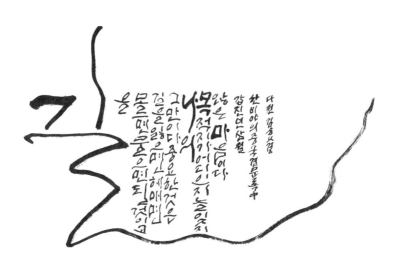

23

아프지 않아서 행복한 것이 아니다
부자라서 행복한 것이 아니다
아픔은 누구에게나 있지만
모든 사람이 불행한 것이 아니듯
오히려 사랑은 아픔 속에서 태어나
아픔을 먹으며 자란다
사랑은 행복의 원천이다

24

사랑이란
이유를 묻지 않는 것
사랑이란
설명을 하지 않는 것
사랑이란
결과를 바라지 않는 것
사랑이란
조건을 묻지 않는 것

愛이란

포근흫 묻지않는것
거칠파흘 바라지않는것
사랑한
선명을 하지않는것
사랑이란
묻지않는것
이유흘

다섯 김호철

25

행복하고 싶거든
사랑하라
자신을 사랑하고
타인을 사랑하고
꽃을 사랑하고
지금 이 시간을 사랑하라
꽃이 지기 전에
지금 이 시간이 떠나기 전에
이 사람이 떠나기 전에

26

사랑이란
자신의 몸속에
타인이란 나무를 심는 일이야
나무의 크기만큼
제 몸을 파내어야 심을 수 있어
뿌리를 내리지 못한 나무는
바람이나 가뭄을 견디지 못해
사랑이란
제 몸을 파내는 일이야

나

하늘로 돌아가리라

새벽빛 와 닿으면 스러지는
이슬 더불어

손에 손을 잡고, 나 하늘로 돌아가리라

노을빛 함께 단 둘이서 기슭에서 놀다가

구름 손짓하면은

나 하늘로 돌아가리라

아름다운 이 세상 소풍 끝나는날

가서, 아름다웠더라고 말하리라

천상병님의 시 귀천
다정 김호경 쓰다

歸天

27

살다 보면 어제 흘린 눈물이
오늘의 길이 될 때가 있다
눈물을 따라 가다 보면 길이 보인다
살다 보면 작다고 버리거나
아무것도 아니라고 외면하고
안 보인다고 무시했던 것들이
힘이 될 때가 있다
작은 눈빛 하나가
사랑의 시작이 될 수 있듯이

사랑만큼 사람을 외롭게 하는 것이 없고

사랑만큼 사람을 아프게 하는 것도 없지만

사랑만큼 사람을 아름답게

키우는 것이 또 있으랴

사랑만큼 사람을 아름답게

성숙시키는 것이 또 있으랴

사랑은 깊은 슬픔과 우울까지도

능히 덮을 수 있나니

사랑은 자신이 자신에게 주는

가장 큰 선물이다

29

사랑이란 내가 주고 싶은 것을
억지로 주는 일이 아니다
사랑은 내가 하고 싶은 대로
상대에게 강제로 하는 행위도 아니다
상대가 간절히 바라는 것을
주는 게 사랑이다
주어도 주어도 모자랄 만큼
후회 없이 주는 것이 사랑이다
사람들은 종종
자기 만족과 사랑을 혼동한다

공부가 앎을 실천함으로써
삶을 바꾸는 것이다
논어를 읽기전에도 이런 사람이고.
읽고 난 후에도 이런 사람이면
그는 논어를 읽지 않은 것과 같다
다윈 김을경

55

30

사람의 마음은 변하기 쉬워서
아침에 사랑을 고백하고도
점심 때 헤어지기도 하니
서로 감사하며 사랑하라
상대의 존재를 감사하고
상대의 사랑을 감사하고
서로의 사랑에 빚진 듯 감사하라
사랑은 서로의 사랑의 빚이다

31

좋은 것으로 베푸는 것만
배려가 아닙니다
하지 말아야 할 말과 행동을
하지 않는 것도 배려입니다
아무리 좋은 말과 행동이라도
상대가 싫어하면 하지 말아야 합니다
배려의 중심은
자신이 아니라 상대이기 때문입니다

살아가리라　몰래화신에서　대현 강호열

또 내일도 역사하나니 아 그 답게
그대처럼 순결하고 그대처럼 강하게 오늘
오대산의 그대처럼 화야
백합의 기쁨 오대산 몰려화야
온봄길잡이 몰려화 눈새시대의 선우장
내 오순결한 그대 모스람
오내사랑 몰려화 그대사랑 몰려화야

58

32

눈으로 보는 사랑은 눈을 감으면 잊혀진다

손으로 만지는 사랑이라면 손에서 멀어지면 떠나간다

사랑이 아름다운 것은 보지 않고서도 잊지 않고

만지지 않고서도 멀어지지 않기 때문이다

눈으로 보는 사랑을 믿지 마라

손으로 만지는 사랑에 매이지 마라

가슴 속에 담아 둔 사랑만이 사랑이다

33

어둠을 두려워하는 사람은
별을 볼 수 없다
별을 보려면
어둠 속으로 들어가야 한다
더 밝은 별은
더 깊은 어둠 속에 떠 있다
더 깊은 사랑은
더 많은 눈물 속에 있다

나태주님의 시에서 다움

꽃 진잔아

34

가치로 환산할 수 있다면

그것은 비싼 것일망정 소중한 것은 아니다

정말로 소중하다면 값을 정할 수 없다

어머니의 사랑을 값으로 매길 수 있는가

참다운 사랑은 값으로 정할 수 없다

그래서 소중한 것이다

값을 매길 때는 이미 비싼 것일지는 모르나 소중한

것은 아니다

35

한 포기의 풀도 없으면 황무지다
한 그루의 나무도 없으면 사막이다
인간의 가슴도 황무지가 되고
사막이 된다
사랑이라는 풀숲이 자라지 않고
사랑이라는 나무 한 그루가 없는 가슴은
사막이다

36

사랑이란 꿈꾸는 일이 아니다

사랑이란 꽃길이 아니다

사랑이란 아름다운 음악 감상이 아니며

명화 속의 한 장면도 아니다

시를 짓는 일도

그림을 그리는 일도 아니다

사랑이란 자신의 가슴 한복판의 갈비뼈를 도려내어

타인에게 주는 일이다

살점이 떨어져 나가고

피를 흘리는 일이다

동행

PART 3

마음이란 밭엔

무엇이 사는가

37

타인에게 보란 듯이

사는 일보다

자신에게 보란 듯이

사는 것이 더 어렵다

타인에게 당당하게 사는 일도 쉽지 않지만

자신에게 당당한 사람으로

사는 일은 더 어렵다

타인은 속일 수 있어도

자신을 속일 수 없으므로

어리하이란

행복이란 인생을 마음껏 걷는 것

38

나를 아프게 할 사람은 오직 자신뿐이다

나를 치유할 사람도 오직 자신뿐이다

진정한 아픔은 아픔인 줄 모르는 가운데

깊어지고

모든 치유는 치유인 줄 모르게 치유된다

상처를 만들고 키우고 치유하는 것 모두 자신이다

자신을 믿어라

자신이 스승이고 의사다

39

꽃길을 걷는 사람보다는
꽃길을 만드는 사람이 아름답다
꽃을 보는 사람보다는
꽃을 심는 사람의 손이 아름답다
사람들은 저마다 꽃길을 걷기 원하지만
정작 자신은 꽃길을 만들지 않는다

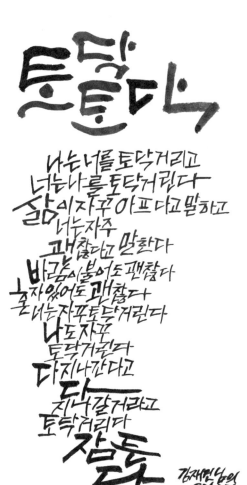

토닥토닥

나는 너를 토닥거리고
너는 나를 토닥거린다
삶이 자꾸 아프다고 말하고
너는 자주
괜찮다고 말한다
바람이 불어도 괜찮다
꽃잎 없어도 괜찮다
너는 자꾸 토닥거린다
나도 자꾸
토닥거린다
다 지나간다고
다
지나갈거라고
토닥거린다
잠 토닥

김재진님의
토닥토닥

72

40

인생이란 한 사람만 붙잡아도
충분히 살 만하다
굳이 많은 사람이 아니어도 좋다
힘들고 외로울 때
아무런 설명을 하지 않아도
곁에 머물러 주는 한 사람이
내 삶의 인연이다
그 인연만으로도 충분하다
자신도 그중 한 사람이다

41

내가 살아 보니까
꼭 있어야 하는 것은 없었다
없으면 못 살 것처럼 애지중지 해도
없으면 없는 대로 살아지더라
삶에서 필요한 것은 마음이니
마음을 지키고
마음을 가꾸고
마음을 키우는 일이
가장 소중하더라

평안을 너희에게 끼치노니 곧 나의 평안을 너희에게 주노라 내가 너희에게 주는 것은 세상이 주는 것과 같지 아니하니라 너희 마음에 근심하지도 말고 두려워하지도 말라

요한복음 14장 27절

42

어두워야 잘 보이는 것이 있다

아파야만 잘 보이고

낮아야만 잘 보이는 것

바로 자신의 마음이다

부자로서는 볼 수 없는 것

높은 곳에 앉아서는

결코 볼 수 없는 것

43

직접 보았다는 것이
전부 진실이라고 말하기 어렵다
한번 직접 경험했다는 것이
한 사람을 아는 데 도움이 되지 않는다
상황과 처지에 따라
다양하게 변하는 게 사람이다
자신이 직접 보고 경험했다는 것만으로
상대를 섣부르게 판단하지 마라

44

새벽은 밤 뒤에 있고
별은 어두워야 잘 보인다
사랑은 이별 후에 더 아름답고
등대는 짙은 안개 속에서 빛난다
뒤에 있는 것이 앞에 놓인 것보다
더 아름다울 때가 있고
안 보이는 것이 보이는 것보다
더 소중할 때가 있다
우리가 살아가는 곳의
전후좌우를 돌아봐야 할 이유다

햇살

햇살처럼 따뜻하고
바람처럼
부드럽게 살자

45

내 마음의 즐거움은 나만이 알고
내 마음의 고통도 나만 안다
설명을 하지만 알아듣지 못하고
알아듣는 것 같아도
돌아서면 잊는 것이 타인이다
즐거움도 괴로움도
자신의 마음에서 우러나
자신의 몸으로 흐르는 것이니
자신은 자신이 지켜라

46

행복한 것처럼 보이는 것이
진짜 행복한 것은 아니다
행복하다고 말하는 사람이
진짜 행복한 사람이 아니듯
사람의 행복은 때로
보이는 것과 다르다

행복은 행위가 아니라
마음이기 때문에

47

내일이면 잊혀질 일이건만

마치 한 백 년이라도 갈듯 집착을 한다

타인들은 전혀 의식하지 않건만

스스로 갇혀 자유를 구속한다

생각만큼 사람들은 타인에 관심두지 않는다

생각만큼 사람의 기억은 오래 가지 않는다

마음의 감옥은 스스로 만들 뿐

누구도 간섭하지 않는다

봄꽃을 보면서 그리운 사람이 더욱 그립습니다

이 봄날에도 바람은 빛 장으로 포근히

봄꽃처럼 그리운 가슴 아프게 써어서

봄 그리고 봄이옵니다

사랑하는 사람이 표에 서고 싶고 싶습니다

조금 수줍우 어색한 미소도

보여주고 싶습니다

그 시절 남의 시를 적다

강호경

48

같은 길을 둘이 가도
같은 것을 보지 않는다
같은 길을 다시 가도
똑같은 것을 보지 않는다
어제의 나는
오늘의 내가 아니며
타인은 내가 아니다
진정한 나는 지금뿐이다
어제의 나
내일의 나는 내가 아니다
어제의 나는 이미 사라졌고
내일의 나는 약속할 수 없다
내가 본 것만이 나의 것이며
내가 느낀 것만이
나의 깨달음이다

49

남을 얻는 것은 반을 얻는 일입니다

그러나 나를 얻는 것은 전부를 얻는 일입니다

남을 잃는 것은 반을 잃는 일이지만

나를 잃는 것은 전부를 잃는 일입니다

사람들은 반쪽을 얻기 위해 동분서주 하면서도

정작 전부를 얻기 위해서 아무것도 하지 않습니다

현명한 사람은 나를 지키고

나를 얻는 일에 더 많은 노력을 합니다

50

타인을 아는 것을 지혜라 하고

자신을 아는 것을 명석이라 한다

타인을 이기는 것은 힘이지만

자신을 이기는 것은 깨달음이다

타인과 다투는 것을 경쟁이라 하고

자신과 싸우는 것을 명상이라고 한다

싸움은 위험하지만

명상은 평화롭다

51

인생을 즐기자

그렇게 살아도 짧다

될 수 있는 대로 아픔과 슬픔은 짧게

할 수 있으면 즐거움과 아름다운 일은 오래

못 할 것도 없다

세우는 것은 자신이며

넘어뜨리는 것도 자신이다

52

만나려 할수록 거리가 보인다

올라가려 할수록 높이가 두렵다

가지려 하는 만큼 갖기에는 인생은 짧고

만나려 하는 만큼 만나기에는

세월은 기다려 주지 않는다

길을 멈춘 사람만이 풍경이 보이고

마음을 멈추었을 때

비로소 가진 것을 볼 수 있다

53

스스로 즐기는 삶을 살아라

타인에게 보여 주는 삶은 이미 내 삶이 아니다

지혜로운 사람은 남의 비방과 칭찬에 연연하지 않는다

마치 큰 바위가 바람에도 흔들리지 않는 것처럼

남이 나를 알아주는 일보다 내가 남을 알아주는 일에

더 마음을 가져라

예쁘지 않은 것을 예쁘게 봐
주는 것이 사랑이다 좋지 않은 것
을 좋게 생각해 주는 것이 사랑
싫은 것도 참아 주면서 지켜
그런 것이 아니라 좋아 주니까 지켜주나
까지 그렇게 하는 것이 사랑이다

나태주 詩 사랑에 답함 다 원 김호정

91

54

눈으로 보지 마라

눈에 보이는 것이 전부가 아니다

눈은 종이 한 장으로도 가려진다

귀로 듣지 마라

귀에 들리는 것이 전부가 아니다

벽 하나로 막히는 것이 귀다

마음은 눈과 귀를 넘는다

마음으로 보라

PART 4

꿈은 꿈으로만 두지 마라

55

꿈을 꾸고 싶다면

잠을 자라

하지만 꿈을 이루고 싶다면

일을 하라

꿈은 순간을

행복하게 하지만

일은 삶을 행복하게 만든다

근심 세월 비치않지고 백발 맞조다

갑진년 새해 첫날에 다원 강호경쓰기다

56

바다를 바라본 사람은 많았지만

모든 사람이 먼 바다로 나간 게 아냐

하늘을 올려다본 사람은 많았지만

그 사람들이 모두 하늘을 난 것이 아냐

꿈은 바라본 사람 것이 아니라

이루는 사람의 것이야

꿈이 있거든 이루어 봐

그것이 꿈이야

57

나는 내가 살아있는 한 꺼지지 않는
꿈을 이야기하며 살고 싶었다
평범한 일상을 살아가면서도
미래를 저버리지 않았던 것은
비록 나의 삶은 평범했을지라도
미래를 꿈꾸는 시간만큼
나를 세상에서 가장 행복한
사람으로 만들어 주었기 때문이다

문진강 물이야기

참새와 내 어머니

허기진 배를 채우려 구름장 아래 쫓겨진 넘어지면
엉너한 숨소리에 문풍지 섧게 우는 던 동지선달
긴긴밤 호롱불에 까맣게 그을탄 알 독닥독닥
아롱 갈대꽃물 흘러세라 머스른 등 틀기전
내 어머니 아궁이 속 다독이시것

구룡포 ○님 글 다원 김호경

58

열정이 재산보다 낫다
열정은 재산으로도 사지 못한다
젊다고 되는 것도 아니며
부자라고 할 수 있는 일도 아니다
재산을 쌓아 놓고도 뜨겁게 살지 못하면
재산 없이 뜨겁게 사는 편이 낫다
열정은 산을 옮기고
바닷물을 퍼낸다

59

꿈은 꾸는 것만으로도 아름답다
봄을 꿈꾸지만 그 속에 무엇이 들었는지
가을을 꿈꾸었지만
바람은 어디로 향하는지
꿈꾸었던 대로 살아가는 것은 아니다
꿈은 꿈으로 소중하고
삶은 삶대로 아름다운 것은
꿈과 삶은 늘 함께 가기 때문이다

혼자서

나의 강은경 詩 혼자서

말아라
너무 힘으뜨어하지
외롭게 꽃으로서 음을
아름다운 때 있어야 오늘 혼자
더팡팡하잇
피어있는수

혼자서 꽃이
피어있는 꽃보다 혼자
때 있어다 듯셋이서
토란토라 더
의혼으을
꽃 보다
듯셋이 피어있는 꽃이
무리지어 피어있는수

60

타인의 희망을 빼앗지 마라
너의 눈에 작게 보이는 것이
그에게는 전부일 수 있다
들판의 낟알 몇 개가
참새의 양식이 될 수 있듯이
네 눈에 적게 보이는 것일망정
그의 전부일 수 있다
할 수 있다면
타인에게 희망을 주는 삶을 살아라

61

추억은 멀리 있고

미래는 오는 것

오늘이 아름다운 것은

추억과 미래 사이에서

오늘의 별을 볼 수 있기 때문

별마다 새겨진 이름과 사연을 불러가며

나는 오늘도 별을 헤아린다

人香萬里

감진련으로 쓴
인향만리를 옮겨본다
가슴이 뭉클

덕이 있는 사람의
향기는 만리로 전간다

104

62

무지개가 반원인 것은

아름다운 것일지라도 반만 보여 주겠다는 의미다

반은 땅속 깊이 묻어 놓고

반만 허공에 띄워 놓은 것은

아직 보지 못한 사람들을 위해 감춰 놓은 것이다

63

좋은 것을 얻으려거든 기다림부터 배워라

좋은 것은 너도나도 원하기에 쉽게 오지 않는다

서두르지 마라

모든 것은 이루는 때와 시간이 있다

좋은 것일수록 늦게 이뤄진다

빨리 이뤄진 것은 경계하라

64

인간에게 과거와 현재와 미래가 있는 것은

과거를 돌이켜 현재를 살면서 미래를 꿈꾸라는 뜻이다

과거 없이 현재가 없고 현재 없는 미래도 없다

풍성한 열매도 작은 꽃봉오리에서 시작하였고

개구리도 작은 알에서 깨어나 올챙이를 겪으면서 뭍

으로 올라왔다

과거를 잊지 마라

가벼이 여기지도 마라

구름 없는 소나기도 없다

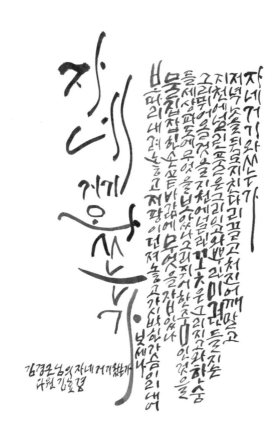

자네 거기 와 있는가
저녁 노을이 붉게 지다 그러고 그 천진에 깨말고
들 그 지 세상에 무엇을 보았소 그리워
물길 잡힌 손 끝 바람에 무엇을 잡았나
따라 내려 놓고 저 강이 전 놀고 가시나 하 가슴 이내여
보세나

김경로님의 자네거기잘했가
수원 김호경

PART 5

용기는 삶을 만든다

65

용서하지 못할 실패는 없다
역사는 실패를 기억하면서
성공을 쓴다
실패를 거듭하는 일 또한
부끄러운 것이 아니다
다만 포기하지 말아라

가을 한다는것

최고의 보상은 더 맘을 일을 잘못이었소 기회라고 나는 색이랑 한다 욕심스물오 감응소경 다워

66

시든 떡잎이라고
쉽게 떼어 내지 마라
최초의 땅을 뚫고
머리를 지상으로 내민 흔적이다
늙은 나뭇가지라고
함부로 낫질하지 마라
삭풍과 태풍을 견디고
키워 준 나무의 꿈이다

67

나는 그늘에 서 있는 사람을
응원하는 사람이 되고 싶어
한 뼘의 볕을 그리워하는 사람에게
아낌없이 박수를 치고
홀로 먼 길을 걷는 나그네에게
따스한 차 한 잔 대접하고 싶어
세상은 나의 바람과 상관없이 싸늘하고
사람들은 저마다 볕을 찾아 떠나지만
아직도 그늘에 남아있는 사람에게
손잡아 주고 싶어

애쓰고 있는 너에게

오늘 하루도 어제보다 애썼어 되었다
굉장한 일을 한건아니어도 작은 일 하나라도
애썼으니 되었다 시간이지 나고 되돌아볼 때에
나 자신에게 부끄럽지 않게 애썼으니 되었다
내가 지난 날의 나에게 전하고싶다
애썼으니 되었다 ㅡ

안소연 님의 애쓰고 있는 너에게
다원 김 효 경

114

68

사람들은 저마다
인생에서 소중한 것을 말하지만
가장 소중한 것은 시간이다
이렇게 소중한 시간이
모든 사람에게 똑같이 주어졌다는 것은
인생은 공평하다는 의미다
시간을 지배하라
시간을 지배하는 자가 성공한 사람이다

69

괜찮아
살아 있는 것들은 다 그래
소나무 한 그루 단풍나무 가지에도
싯누렇게 죽은 잎 한두 개쯤 달고 있어
한 생애 살면서 실수 몇 번 한 것은
그리 큰 잘못이 아냐
흔들리지 않고 자라는 나무가 없듯
산다는 게 다 그래

살구꽃
핀마을은
어디나 고향같다
만나는 사람마다
등이라도
치고지고
뒷짐을 들어서 맞은
악수아니
맞을리

이호우님의
살구꽃핀마을
다원 김효경

117

70

청춘이 떠나간 뒤에도

가야할 길이 있다

주저리 얽힌 사연을 휘감은

보랏빛 하늘이 슬프고

어둠은 자꾸 길을 덮으려 하지만

오늘의 어둠은

내일의 기다림이다

71

눈과 서리를 이겨 내는 것은
따뜻한 거실의 화초가 아니라
들에 핀 작은 들꽃이야
누가 돌보지도 않고
가꾸지도 않지만
저 들꽃들은
홀로 꽃을 피우고 있어

키 작은 들꽃도
저 홀로 꽃을 피우거늘
하물며 사람이야

72

등대는 어둠과 안개를 비춰 주고
나침반은 당신이 가는 방향을 잡아 줍니다
내비게이션은 낯선 길을 안내해 주고
알람은 당신이 일어날 시각을 알려 줍니다
그러나 당신 인생의 방향을
알려주는 것은 없습니다
당신이 위험한 길을 가고 있을 때
경고해 주는 기계도 없습니다
오직 당신의 판단만 있을 뿐입니다

풍경은 상처가 없다

풀잎에도 상처가 있다
꽃잎에도 상처가 있다
너와함께 걸었던 들길을
들길에 앉아 저녁놀을
바라보면 상처같은 꽃잎이
소슬히 ... 가장 향기롭다
상처많은
꽃잎들이
다 ...

73

때로는 절망하셔도 됩니다
반드시 희망이 아니어도 괜찮습니다

비겁하게 굴복하셔도
용기가 아니어도
비난하지 않겠습니다

그럴 때가 있습니다

절망이 희망보다 힘들고
비겁하게 굴복하는 일이
얼마나 속상한 일인지
알 것 같습니다

울고 싶을 땐 우세요
속엣 것 다 끄집어 놓고
며칠이고 울어도 괜찮습니다

나도 그런 적 있었습니다

74

나의 기도로
세상 누군가

평화를 얻을 수 있다면
이 새벽 헐벗어도 좋겠습니다

나의 눈물로
누군가 웃을 수 있다면

나의 손끝이 부서져
한 송이 꽃을 피울 수 있다면

역경은 사람을 몰락시키기도 하지만
어떤 사람은 역경으로 인해
명성과 부를 얻는다
바람이 배를 침몰시키기도 하지만
배를 움직이는 것도 바람이듯
환경을 탓하지 마라
향기는 바람에 퍼져 나가고
그늘은 누군가의 쉼터가 된다

76

삶에 힘이 되는 건 반드시
큰 것에서 나오지는 않는다
한 권의 책보다
한 줄의 격언이 더 힘이 될 때가 있다
어느 길목에서 만난 가슴 시린 장면은
영화보다 깊은 감동을 준다
더러는 별 하나에 담긴 추억 하나가
위로가 될 때가 있듯이

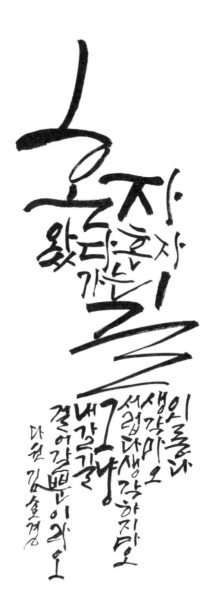

혼자
왔다 혼자 가는

이몸은가
생각마오
서럽다생각하지마오
내갈길
걸어갈뿐이라오

다원 김순경

126

괜찮아, 너는 할 수 있어

나는 이 말을 수없이 나에게 던져 주었다

실패로 더 이상 일어설 수 없을 것 같았을 때

실수로 사람들의 비웃음이 빗발칠 때

이별로 하늘이 무너진 것처럼 암담할 때도

나는 나에게 이렇게 말했다

괜찮아, 세상이 모두 널 떠나도

나만은 너를 떠나지 않아

실패를 해도 실수를 해도 괜찮아

나는 너의 유일한 친구야

너의 마지막까지 지켜 줄게

한 포기의 풀도 그냥 자라지 않고
한 마리 풀벌레도 쉽게 크지 않는다
풀 한 포기 키우기 위해
비바람을 견디고
죽을 고비를 여러 번 넘겨야 한다
세상엔 큰 사람도 작은 사람도 없다
너와 나 우리
한 포기의 풀이며
한 마리의 풀벌레다

79

나는 성공한 사람으로 살려고 애쓰지 않았다
성공한다는 것은 아름다운 일이지만
가치 있는 삶을 살고 싶었다
비록 실패처럼 보였을지라도
가치를 심는 데 노력을 기울였다
세상에는 성공에만 가치가 있는 것은 아니다
진정한 가치는 실패 속에서 살아난다

80

세상엔 아픔과 고통을 당하는

사람들이 많지만

그것을 견뎌 내는 사람들 또한 많다

나만 외롭고 나에게 머무는

고통만 크게 보일 뿐

타인들이 겪는 것엔 감각이 없다

하지만 내가 느끼는 아픔은

타인도 똑같이 아팠고

내가 겪은 고통은

타인도 똑같이 겪었다

81

빛은 어둠을 위해 존재하듯
희망은 절망 속에서 피어난다
사랑은 이별 뒤에 더욱 빛나고
용서는 미움 위에서 간절하다
사랑하려 한다면 사랑하지 못할 사람 없고
용서하려 한다면 용서 못할 죄 없다
사랑하리라
꽃같이 사랑하리라
용서하리라
열매처럼 용서하리라

春花

꽃이 피다 내 맘엔
너가 핀다
지금 막 한 꽃망울이 이쁘다

오지
오래서 살아야겠다 한동안 이쁘다

너는 나의 봄
이 순간의 설렘에 이토록

봄비 너의 꽃이 되었다

너는 나의 봄 꽃 너는 나의 설렘

갑진년 삼월
다원 김호경

82

꽃은 아름답지만 열매가 아니다
꽃이 져야만 열매가 맺힌다
꽃에는 꽃의 길이 있을 뿐이다
자신의 위치에서 자신이 해야 할 일을 깨닫는 것이
지혜다
현명한 사람은 자신이 할 수 있는 일과 할 수 없는 일
을 선택한다
무조건 나서는 것이 용기가 아니다
만용과 용기를 구분할 줄 알아야 한다

83

겨울에 떠나는 여행을 두려워 마라

겨울을 보기 위해서는

겨울에 떠나야 한다

높은 곳에 오르는 것을 두려워 마라

멀리 보기 위해서는

높이 올라야 한다

지저분하다는 이유로

인도를 피하는 사람은

타지마할과 바라나시를 볼 수 없다

외롭다는 이유로

사막을 가지 않으면

어떻게 광활한 지평선을 보겠는가

84

나는 비가 온다고 숨지 않았다

바람이 분다고 피하지 않았다

비가 오면 비 오는 대로

바람이 불면 부는 대로

내가 가야 할 길을 멈추지 않았다

힘든 날들은

항상 있었다.

자연스러운 일이다 우리는 살아 있으니까요

갑진년새해
효경

136

PART 6

행동이 삶을 만든다

85

오늘 깨달은 것을

내일 망각한다면 깨달음이

무엇이랴

지금 깨달은 것을

내일 행동하지 못한다면

그 많은 깨달음이 무슨 소용이랴

행동하라

마치 오늘이 마지막인 것처럼

86

잘 산다는 것은

타인을 위해 피 흘려 희생하고

땀 흘려 봉사하는 것만이 아니다

자신에게 베푸는 용기와 기회

그리고 베풂도 잘 사는 것 중 하나다

힘들 때 힘들다고 말하라

화날 때 화난다고 표현하라

자신을 학대하지 마라

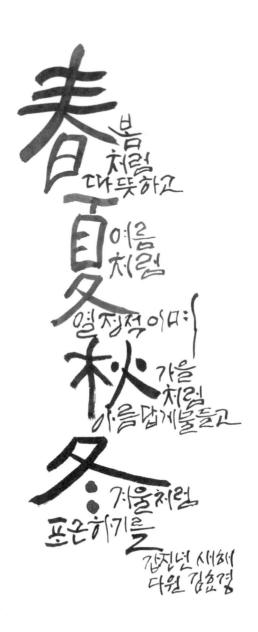

春 봄처럼
따뜻하고

夏 여름처럼

열정적이며

秋 가을처럼
아름답게물들고

冬 겨울처럼
포근하기을

갑진년 새해
다원 김효경

140

87

사과하는 데 필요한 시간은 없다
빠를수록 좋지만
설령 늦더라도 사과하는 것이
안 하는 것보다 낫다
사과는 잘못한 사람의 몫이고
용서는 사과 받는 사람의 몫이다
용서를 기대하지 못한다 해도
사과를 하는 것이 옳다

누군가의 길을 비춰 주는 일은

아름답다

봄 여름 가을 겨울 없이

한곳에 서서

한곳만 바라보는 시선은

거룩하다

나도 누군가의 길을 비춰 주는

등대가 되고 싶다

새싹
나오는 푸릇한
세상을 비집고

새싹

다원 김호영
강석원님의 시를 적다
봄이라 부른다
네가 없어 봄을

89

큰 물고기 잡으려면
먼 바다로 가야 한다
긴 항해를 해야 하고
사나운 파도도 대비해야 한다
고되고 오랜 경험이 있어야 한다

큰 꿈이 큰 고기를 잡는다
그러나 거저 얻어지지 않는다
큰 만큼 바치는 수고도 크다

90

반만 채워진 잔이라도
반은 가득한 셈이다
살다 보면
반만 채워진 것이
가득한 것보다
더 소중할 때가 있다
최선은
최고만큼 중요한 일이다

91

자존감을 지키세요

하지만 교만한 사람은 되지 마세요

타인을 배려하는 마음은 아름답습니다

그러나 자존감 없는 사람이 되진 마십시요

자아가 지나치게 강하면 독재자가 되고

강한 신념은

당신의 인생을 아름답게 하지만

독선은 타인의 가슴을 찌르는 바늘입니다

92

자기 아픈 것은 못 견디면서
남에게 쉽게 아픔을 주고
자기 서운한 것은 못 참으면서
남의 베풂은 쉽게 받는 사람
감사하다는 말은 쉽게 하지만
정말로 감사하는지 알 수 없는 사람

나도 그런 사람이 아닌지
생각하는 아침이야!

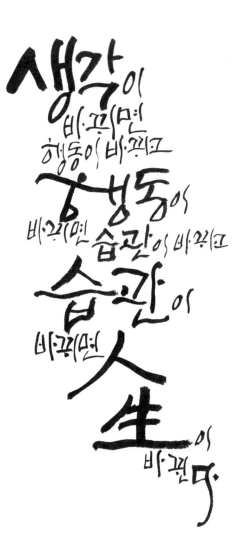

생각이
바끼(면)
행동이 바끼고
행동이
바끼(면) 습관이 바끼고
습관이
바끼(면) 人生이 바뀐다

148

93

견딜 수 없는 일을
견디는 것이 인내
바랄 수 없는 일을
바라는 것이 소망
용서할 수 없는 일을
용서하는 것이 용서
사랑할 수 없는 사람을
사랑하는 것이 사랑
믿을 수 없는 일을
믿는 것이 믿음

아침 열기

다윈 김호영

살으켜넘어 아침별
으로 반짝 빤짝 대신 빛났다
밤별들으로 끌어안고서
찾아오는 늘의 햇살이 길을
길은 잃어버리고 부러
깊앞의 별들이 내려가지 않았다
표르인우
새벽 아인으로

새아침
부라

94

열 번 칭찬하는 일보다

한 번 욕하는 것을 경계해야 합니다

단 한 번의 상처가 평생을 가듯이

마음에 꽂힌 칼은 빼낼 수 없습니다

칭찬하는 일도 소중하지만

비난하고 다투는 일도 기술이 필요합니다

타인과의 관계 속에는

마지막까지 지켜야 할 말과 행동이 있습니다

95

생각은 몸을 움직이기 위한 청사진이다
아무리 좋은 청사진을 가지고 있어도
벽돌 한 장 없으면 건물이 될 수 없고
비록 좋은 생각을 갖고 있을지라도
행하지 않으면 아무 소용이 없다
좋은 생각이란
좋은 행동이 있을 때 좋은 일이지만
생각뿐인 것은 망상일 뿐이다

96

행동하지 않는 생각은
허상일 뿐이며
생각하지 않는 행동은
만용이다
삶을 삶답게 이끄는 것은
생각하는 행동이다

마음의

보름

김창리대

154

97

읽은 글과 들은 말은

쉽게 잊어버리고

눈으로 본 것은 오래 기억되고

직접 해 본 것은 이해한다

마음에 있으면

몸이 가야 한다

몸이 가지 않은 일은 머리로만 남고

머리에 남은 일은 쉽게 잊혀진다

98

천 일의 사랑도

한순간의 오해로 갈라서고

천 년의 공도

한순간의 방심으로 무너진다

성공으로 가는 길은 30년

그 성공을 허무는 데 걸리는 시간은 3분

성공하기도 어렵지만

성공을 지키는 일은 더 어렵다

99

타인의 죽을 만큼 큰 아픔보다

자신의 손끝에 박힌 가시가 더 아픈 것은

나무랄 일도 아니고 허물도 아니다

타인은 타인으로 저물어 가고

나는 나로서 익어 가거늘

스스로의 아픔에 인내를 익히고

타인의 아픔에 배려를 베풀어야 한다

오늘도 당신은 청춘이다

나의 날들 중에 오늘이 가장 젊기에

인생에 가장 빛나는 오늘을 살고있는 당신에게

158

100

세상을 바꾸고 싶거나
바뀐 세상에서 살고 싶다면
먼저 자신의 습관을 바꾸어라
보던 습관을 바꾸고
듣던 습관을 바꾸고
생각의 습관을 바꾸어라
그러면 바뀐 세상을 만나게 될 것이다
같은 자리에 앉아서
다른 하늘을 보려는 것은
어리석은 짓이다
바뀐 세상을 보고 싶거든
자리에서 일어나라

101

좋은 말을 하라

좋은 말 하나가 사람을 바꾼다

좋은 얼굴을 하라

좋은 얼굴이 하루를 바꾼다

좋은 생각을 하라

좋은 생각이 인생을 바꾼다

인연도 운명도

내가 만들어 가는 것

좋은 행동 하나가

운명을 바꾼다

봄에는
모든것이 아름답다.
나비도
살도
햇살도
바람도
그리고
내옆에 있는
너도

다원 김효경

161

102

좋은 말을 많이 하는 사람이 좋은 사람 아니다

좋은 생각을 많이 한다고 해서 좋은 사람이 되는 것
도 아니다

말과 생각만으로는 좋은 사람이 될 수 없다

좋은 일을 하는 사람이 좋은 사람이다

생각은 어린 아이들도 할 수 있지만 어른도 못하는
것이 행동이다

103

꽃을 많이 그렸다고 하여 화가를 꽃이라 부르지 않는다
꽃에 대한 시를 많이 썼어도 시인은 꽃이 될 수 없다
꽃은 꽃으로 피어 있을 때만 꽃이다
그림이나 시로 아름다움을 흠모하지만 꽃의 생명은
그림이나 노래에 있지 않다
피어야만 꽃이다

PART 7

세상을 보는 지혜

104

신이 우리에게 마지막을 준 것은
지금을 즐기라는 뜻이다
어제의 바람으로
오늘의 땀을 씻지 못하고
내일의 물로는
지금의 얼굴을 씻을 수 없다
현명한 사람은 능소화 아래서
이팝꽃을 찾지 않는다

기도

다원 김효경
빌립보서에서

아무것도 염려하지 말고
오직 모든 일에 기도와 간구로
너희 구할 것을
감사함으로 하나님께 아뢰라.
그리하면 모든 지각에
뛰어난 하나님의 평강이
그리스도 예수 안에서
마음과 생각을 지키시리라

105

더 좋은 사람을 찾으려다

정작 좋은 사람을 놓치는 경우가 있다

좋은 사람이라고 생각 드는 순간

좋은 인연을 만들어라

가장 좋은 시간은 지금이듯

가장 좋은 사람은 지금 만나는 사람이다

삶

늘 나 삶의

마침표는

언제나 쉼표다

진정하지마라

#中에서

169

106

둘의 대화는 여럿의 대화보다 낫지만

혼자만의 대화만 못하다

혼자서 대화하라

숱한 물음이 튀어나오고

수없는 대답이 만들어진다

어제와 대화는 가장 큰 시간이고

내일과의 대화는 가장 값진 대화다

그보다 더 값진 것은 오늘과의 대화다

107

좋은 사람을 만나려면
좋은 사람이 되어야 한다
좋은 나무가 좋은 열매를 맺듯
엉겅퀴 숲에서 딸기를 찾을 수 없다
아름다운 인생을 얻으려거든
매순간 아름다운 시간을 만들어야 한다
아무것도 만들지 않은 시간은
아무것도 아닌 인생을 남길 뿐이다

108

젊음이란 상태의 문제일 뿐

나이의 문제가 아니다

행복이란 가치의 문제일 뿐

질량의 문제가 아니다

부유함이란 느낌의 문제일 뿐

많고 적음의 문제가 아니다

즐기고 느끼고 나누며

벼랑 위 등대처럼 홀로 비추라

위대한
일들은
크 작은 일들로
이루어
져

109

자신의 마음에 들고

자신의 생각과 잘 어울리는 사람들을

데리고 일하는 지도자는

굳이 유능하지 않아도 된다

하지만 유능한 지도자는

사람을 가리지 않는다

그에 알맞은 요구를 할 뿐이다

110

좋은 날도 지나가고
힘든 날도 지나간다
내일도 인생이다
오늘이 세상 끝 날처럼 생각하지 마라
설령 내가 오늘 죽는다 해도
이생에서 부르던 이름은 그대로 남고
이생에서 행했던 일도
사라지지 않는다

111

이유를 찾는 패배자는 재기할 수 있지만
핑계를 찾는 패배자는 영원히 일어설 수 없다
핑계와 이유는 비슷해 보여도 전혀 다른 결과를 만든다
이유는 성공한 사람들의 보금자리이지만
핑계는 실패한 자들의 무덤이다

행복

저녁 때 돌아갈 집이 있다는 것

힘들 때 생각할 사람 있다는 것

외로울 때 혼자서 부를 노래 있다는 것

다원 김흥정

112

자신의 마음을 낮추면

세상의 모든 존재가 스승이 되고

자신의 마음을 높이면

세상의 모든 존재가 하인이 된다

어리석은 사람은

세상을 하인으로 두지만

현명한 사람은

세상을 스승으로 모신다

113

인생은 짧다
길게 쓰는 사람도
자신의 생애만큼만 쓴다
하물며 시간을 낭비하는 사람이랴
오늘이 나에게 있다는 것은
신이 내린 축복이다
내일이 주어진다면
더 큰 축복이다

114

인간에 대한 분명한 것
누구나 죽는다
혼자서 죽는다
빈손으로 죽는다
언제 죽을지 모른다
어디서 죽을지 모른다
어떻게 죽을지 모른다
단 한 번의 인생이다

115

방황과 여행은 비슷한 것 같아도 다르다
목적이 있으면 여행, 없으면 방황이다
사람들은 방황을 여행이라 착각하기도 한다
여행한 사람은 가슴을 들고 돌아오고
방황한 사람은 후회만 들고 온다

꽃

다윈 김호경 오영재 정자
허정아 님의 백련

파도
봄날에
너를 만날수있지
너는 가벼운 바람에도
흩뿌리는 비에도
쓰러 아저 내려 나는
가볍게 내리는
비처럼
흩뿌려지는
너를 만나지
바람도 비도 좋지만
나는 네가더
좋다

182

116

나는 반 고흐의 해바라기 그림 하나를 놓고

많은 사람들의 해설을 들었다

말하는 사람마다 달랐지만

그들의 말에 동요되지는 않았다

내 눈에 보이는 것을

내 나름 해석하고 싶었다

남의 눈에 보이는 것은

내 인생이 아니다

내 귀에 들리고 보이는 것이

내 인생이다

117

겨울이 가득 차 있는 곳엔

봄이 오지 않는다

겨울의 끝처럼

비운 마음이 되었을 때

봄은 들어선다

바라면서 바라지 않는 것

갈망은 하지만 욕심내지 않고

기다리지만 후회하지 않는 것이 믿음이다

118

인간관계란 난로를 쬐는 일이다

너무 가까우면 데일 수 있고

멀리 있으면 냉랭해진다

그래서 적당한 거리를 두고 있어야 한다

문제는 어떤 게 적당한 거리냐는 거다

어떤 이는 이글거리는 뜨거움을 원하고

혹자는 미지근 거리를 원한다

그 거리는 스스로 정할 뿐이다

119

멀리 가는 새는 혼자 날지 않는다

큰 짐승을 잡으려는 사자는

혼자 사냥에 뛰어들지 않는다

친구와 이웃을 소중히 여겨라

싸움도 사람과 하지만

도움도 사람한테 얻는다

혼자 할 때와 더불어 함께 할 때를 알아야 한다

비오는 날
빗소리를 들어 보아요
1 소리
음악처럼 들리면
그대의 마음은
비가 와도
맑 음입니다
27

120

앞에 있는 정경만 보지 마세요

뒤에 있는 정경이

더 아름다울 수도 있습니다

앞만 보고 가지 마세요

이미 지나쳐 온 길 속에는

놓쳐 버린 것이 있을 수 있습니다

얻으려는 것보다

놓쳐 버린 것이 더 소중하고

클 수도 있습니다

121

소중한 것을 많이 둬라
소중한 것이 많을수록 부자다
소중한 것이 없는 것이 외로움이다
책과 여행과 사람을 소중하게 여겨라
책은 머리를 키우고
여행은 가슴을 키우고
사람은 삶을 키운다

PART 8

진리를 찾아가는 한평생

122

사람은 누구나 작가가 될 수 있고

영화감독이 될 수 있고
주인공 배우가 될 수 있다
우리가 살아가는 모든 삶의 자리는
단 한 번만 주어진
영화촬영의 무대이고 연극의 대사다
멋지고 폼 나게 연극할 줄 아는 사람이
가장 잘 사는 사람이다

기억해

너는
세상을
빛으로 가득
채울수 있는
존재라는
걸

갑진년 삼월

193

123

무소유는 구름을 타는 일이다

최소한 구름보다 가벼워야

구름을 탈 수 있다

생각이 많고

바라는 것이 많고

쥐고 있는 것이 많은데

어떻게 구름 위에 앉을 수

있는가

124

배부른 사자는 사냥을 하지 않는다
배고픈 사자가 사냥을 할 뿐
사자라고 하여 가만히 앉아 있는데
먹이를 갖다 바치지 않는다
자기 배가 고픈 사자가
먹잇감을 찾는다
자식이 잘되길 바란다면
결핍을 먹여라
스스로 결핍을 해결하도록 하라

125

나이란 삶을 헤아리기 위해
타인들이 부르는 숫자일 뿐
삶을 제한하는 영역표시가 아니다
살다 보면 숫자란
아무 의미가 없음을 알게 된다

보다 중요한 것은
타인이 만들어 놓은 영역에 매여
자신을 스스로 가둘 필요가 없다는 것이다

126

더 소중한 것을 얻기 위해
소중한 것을 버려야 할 때
주저하지 말아라
소중한 사람을 잃지 않기 위해
그만큼 소중한 것을 바쳐야 하는 것도
잊어선 안 된다
대가 없이 얻어지는 소중한 것은 없다
대가를 치러야 하기에 소중한 거다

소중한 이 시간이 짝짝
반 반 짝 설레임으로 가득하면 좋겠다

199

127

나는 꽃길만 걷는 것을 원치 않는다

그럴 수도 없겠지만

그렇게 되길 바라지도 않는다

그러나 꽃을 찾아 떠나는

힘들고 고된 길을 포기하진 않는다

꽃길을 걷기보다는

꽃을 찾아 걷는 길이 더 좋다

128

사람한테 가장 가까이 있는 것도
사람이지만
사람한테 가장 멀리 있는 것도
사람이다
때로는 꽃보다 가깝게 있지만
때로는 꽃보다 멀리 있다
얻기 쉬운 것도 사람이지만
한번 잃으면
다시는 만날 수 없는 것도 사람이다

129

인격과 나이 사이엔

상관되는 것이 아무 것도 없다

치열하게 산 하루가

인격을 이루게도 하지만

고뇌 없이 평생을 살아가는 사람에겐

나이는 숫자에 불과하다

빛을
보려면
어둠이
꼭
필요하다.

130

어제의 햇빛이 밝았을지라도

오늘의 그늘을 물리칠 수 없으며

비록 내일의 햇빛이 밝을지라도

오늘의 어둠을 밝힐 수 없다

오늘의 그늘은 오늘의 태양으로만

물리칠 수 있으니

내일을 믿지 마라

내일의 그늘은 내일의 태양에 맡기고

오늘의 그늘은 오늘의 태양에 맡겨라

131

자신의 삶을 아는 사람은

자신이 무슨 나무를 심었는지

아는 사람이다

어떤 사람은 가시나무를 심어 놓고

사과가 열리기를 기다리고

심지어 어떤 사람은

나무도 심지 않고

결실을 기다리고 있다

132

사람을 미워하는 것은

스스로 제 가슴에 칼질을 하는 일이다

작은 미움이라 할지라도

칼자국이 남는다

작은 흔적들이 쌓이면 큰 흉터가 된다

흉터를 보면서 깨닫는 자는

현명한 사람이다

어리석은 사람은 흉터를 보면서도

깨닫지 못한다

너무 잘하려 애쓰지마라

너무 잘하려고 애쓰지마라
오늘의 일은 오늘로 충분하다
조금쯤 못자라거나 빼뚤어진 구석이 있으면

내일 다시하거나 내일 다시 고쳐서하면 된다
조금쯤 성공을 미만큼 크게 고치거나
만족하라는 말이거든 꿈을 슬피
하나 그것으로 밥 안스를 나무랄거냐
힘들게 하지 말라는 말이다

감자빛 삼월 다윗 김호경
나태주님의 글

207

133

나는 내 자신을 천하보다 더 귀하게 여겨 왔지만
나만 이 세상에서 귀하다고 생각하지 않았다
나는 내 자식을 더없이 귀엽고 소중하게 생각하지만
내 자식만 귀엽고 소중하다고 생각하지 않았다
나는 오늘이 지상의 마지막처럼 여겼지만
오늘만 날이 아니라고 생각했다

134

자식이라 할지라도 소유하지 마라

소유할 수도 없거니와 소유해서도 안 된다

소유하는 과정이 힘들고 소유해서도 힘들기 때문이다

자유 안에서 서로의 공통분모를 찾아라

누릴 수 있는 것만 누려라

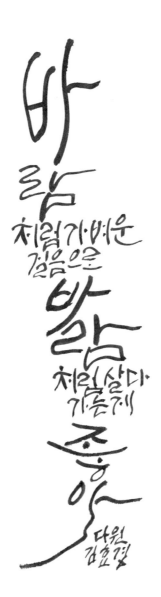

바
람
처럼가벼운
걸음으로
발
랑
처럼살다
가는게
조
아

다원
김효정

210

135

마음먹은 대로 되는 일이 많지 않다

마음먹은 대로 살아가는 사람도 흔치 않다

미래의 노예로 살지 마라

과거의 노예로도 살지 마라

미래는 올 수 있을지도 모르고 과거는 지나갔다

마치 오늘이 마지막 날인 듯 살고 처음인 듯 시간을

맞으라

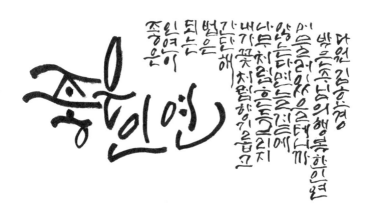

좋은인연

다원 김용철
받으소서 님의 행복하오면
이들러 왔을터이까지
오늘이 다하는 것에
낱날이 부치럼 흐르기에
내가 꽃처럼 향기롭고
법은 돈해
티는은
일여가
좋은
향은이

136

어디로 가야 할지 아는 새는

길이 멀어도 슬퍼하지 않습니다

히말라야를 넘고 바다를 건너면서도

지치지 않습니다

목적지가 분명한 선장은

파도를 두려워하지 않습니다

살아야 할 이유가 분명한 사람은

세월에 흔들리지 않습니다

살아야 할 이유를 가지십시오

방황으로 보낼 만큼

인생은 길지 않습니다

137

잘 사는 인생이란 무엇일까

좋은 삶이란 무엇일까

사람들은 저마다 고결한 답을 안고 살겠지만

나의 생각은 이렇다

웰다잉

잘 사는 것의 해답은 잘 죽는 것이다!

138

장미꽃이 아름다워도 쉽게 시들고

젊음이 파릇하고 싱싱해 보여도 쉽게 사라진다

맑은 공기 맑은 시냇물 청아한 새소리

인간의 가슴을 해맑게 하고 눈과 귀를 즐겁게 하여도

오래 간직할 수 없다

돈이 많아도 그것을 쓸 수 있는 것은 건강하게 살아

있는 날뿐이며

명예가 높고 화려해도 자리에서 물러나면 헛된 것이

다

인간에게 무엇이 영원하랴

인간에게 있는 것은 모두 흐르는 물이며 구름이니

집착하지 마라

미련을 두지도 마라

흔들리며 피는 꽃

흔들리며 피는 꽃
도종환님의 시

흔들리지 않고 피는 꽃이
어디 있으랴
이 세상 그 어떤 아름다운 꽃들도
다 흔들리면서 곧게 세웠나니
줄기를 곧게 세웠나니
흔들리지 않고 가는 사랑이
어디 있으랴
흔들리며 피는 꽃

다원 김순정